Todos los libros de Linkgua Ediciones cuentan con modelos de Inteligencia Artificial entrenados por hispanistas. Pregúntale al chat de tu libro lo que desees acerca de la obra o su autor/a.

Para ebooks: Accede a nuestro modelo de IA a través de este enlace.

Para libros impresos: Escanea el código QR de la portada con tu dispositivo móvil.

Obtén análisis detallados de nuestros libros, resúmenes, respuestas a tus preguntas y accede a nuestras ediciones críticas generativas para una experiencia de lectura más enriquecedora.
La transparencia y el respeto hacia la autoría de las fuentes utilizadas son distintivos básicos de nuestro proyecto. Por ello, las respuestas ofrecen, mediante un sistema de citas, las fuentes con las que han sido elaboradas.

Fray Luis de León

Poemas

Barcelona 2024
Linkgua-ediciones.com

Créditos

Título original: Poemas.

© 2024, Red ediciones S.L.

e-mail: info@linkgua.com

Diseño de cubierta: Michel Mallard.

ISBN rústica ilustrada: 978-84-9953-563-0.
ISBN tapa dura: 978-84-1126-083-1.
ISBN ebook: 978-84-9897-792-9.

Sumario

Brevísima presentación

La vida

Fray Luis de León (Belmonte, Cuenca, 1527-Madrigal de las Altas Torres, Ávila, 1591). España.

De familia ilustre con ascendientes judíos, Luis Ponce de León estudió en Alcalá de Henares y Toledo antes de ingresar como novicio en el convento salmantino de San Agustín. Participó en las polémicas que enfrentaban a dominicos y agustinos en la universidad de Salamanca. Frente al tomismo conservador de los primeros, postuló el análisis de las fuentes hebreas en los estudios bíblicos. Cuando se difundió su traducción al castellano del Cantar de los cantares a partir del hebreo, fue acusado de infringir la prohibición del Concilio de Trento, que estableció como oficial la versión latina de san Jerónimo. Procesado por la Inquisición, estuvo encarcelado entre 1572 y 1577, pero fue declarado inocente y pudo volver a sus clases. Hombre vehemente, sufrió otra amonestación inquisitorial en 1584. Tuvo las cátedras de filosofía y estudios bíblicos, y poco antes de su muerte, en 1591, fue nombrado provincial de la orden agustina en Castilla. Dominaba el griego, el latín, el hebreo, el caldeo y el italiano. Fue admirado por Cervantes (que lo llamó «ingenio que al mundo pone espanto»), por Lope de Vega (que escribió: «Tu prosa y verso iguales / conservarán la gloria de tu nombre») y sobre todo por Francisco de Quevedo (quien lo consideró el «mejor blasón de la habla castellana»).

Fray Luis es considerado una de las voces más altas de toda la poesía en castellano. El propio fray Luis dividió sus poemas en tres apartados: los originales, las traducciones de poetas profanos y las traducciones o versiones bíblicas. Quevedo editó por primera vez en 1631 sus poemas, utilizándolo como antinomia del culteranismo en el contexto de la guerra poética que mantenían Quevedo y Góngora (cada uno con sus respectivos secuaces detrás). Sin embargo, no fue hasta fines del XIX, que se hizo una buena edición de los poemas de Fray Luis. Considerado por algunos un poeta místico, dejó poemas de notable sabor íntimo-religioso.

Poemas

A Nuestra Señora

No viéramos el rostro al padre Eterno
alegre, ni en el suelo al Hijo amado
quitar la tiranía del infierno,
ni el fiero Capitán encadenado;
viviéramos en llanto sempiterno,
durara la ponzoña del bocado,
serenísima Virgen, si no hallara
tal Madre Dios en vos donde encarnara.
Que aunque el amor del hombre ya había
hecho
mover al padre Eterno a que enviase
el único engendrado de su pecho,
a que encarnando en vos le reparase,
con vos se remedió nuestro derecho,
hicistes nuestro bien se acrecentase,
estuvo nuestra vida en que quisistes,
Madre digna de Dios, y ansí vencistes.
No tuvo el Padre más, Virgen, que daros,
pues quiso que de vos Cristo naciese,
ni vos tuvistes más que desearos,
siendo el deseo tal, que en vos cupiese;
habiendo de ser Madre, contentaros
pudiérades con serlo de quien fuese
menos que Dios, aunque para tal Madre,
bien estuvo ser Dios el Hijo y Padre.
Con la humildad que al cielo enriquecistes
vuestro ser sobre el cielo levantastes;
aquello que fue Dios solo no fuistes,
y cuanto no fue Dios, atrás dejastes;

alma santa del padre concebistes,
y al Verbo en vuestro vientre le cifrastes;
que lo que cielo y tierra no abrazaron,
vuestras santas entrañas encerraron.
Y aunque sois Madre, sois Virgen entera,
hija de Adán, de culpa preservada,
y en orden de nacer vos sois primera,
y antes que fuese el cielo sois criada.
Piadosa sois, pues la seriente fiera
por vos vio su cabeza quebrantada;
a Dios de Dios bajáis del cielo al suelo,
del hombre al hombre alzáis del suelo al
cielo.
Estáis agora, Virgen generosa,
con la perpetua Trinidad sentada,
do el Padre os llama Hija, el Hijo Esposa,
y el Espíritu Santo dulce Amada.
De allí con larga mano y poderosa
nos repartís la gracia, que os es dada;
allí gozáis, y aquí para mi pluma,
que en la esencia de Dios está la suma.

Agora con la aurora se levanta

Agora con la aurora se levanta
mi Luz; agora coge en rico nudo
el hermoso cabello; agora el crudo
pecho ciñe con oro, y la garganta;
agora vuelta al cielo, pura y santa,
las manos y ojos bellos alza, y pudo
dolerse agora de mi mal agudo;
agora incomparable tañe y canta.
Ansí digo y, del dulce error llevado,
presente ante mis ojos la imagino,
y lleno de humildad y amor la adoro;
mas luego vuelve en sí el engañado
ánimo, y conociendo el desatino,
la rienda suelta largamente al lloro.

Alargo enfermo el paso, y vuelvo, cuanto

Alargo enfermo el paso, y vuelvo, cuanto
alargo el paso, atrás el pensamiento;
no vuelvo, que antes siempre miro atento
la causa de mi gozo y de mi llanto.
Allí estoy firme y quedo, mas en tanto
llevado del contrario movimiento,
cual hace el extendido en el tormento,
padezco fiero mal, fiero quebranto.
En partes, pues, diversas dividida
el alma, por huir tan cruda pena,
desea dar ya al suelo estos despojos.
Gime, suspira y llora dividida,
y en medio del llorar solo esto suena:
—¿Cuándo volveré, Nise, a ver tus ojos?

Amor casi de un vuelo me ha encumbrado

Amor casi de un vuelo me ha encumbrado
adonde no llegó ni el pensamiento;
mas toda esta grandeza de contento
me turba, y entristece este cuidado,
que temo que no venga derrocado
al suelo por faltarle fundamento;
que lo que en breve sube en alto asiento,
suele desfallecer apresurado.
mas luego me consuela y asegura
el ver que soy, señora ilustre, obra
de vuestra sola gracia, y que en vos fío:
porque conservaréis vuestra hechura,
mis faltas supliréis con vuestra sobra,
y vuestro bien hará durable el mío.

Epitafio al túmulo del príncipe don Carlos

Aquí yacen de Carlos los despojos:
la parte principal volvióse al cielo,
con ella fue el valor; quedóle al suelo
miedo en el corazón, llanto en los ojos.

Canción a la muerte del mismo

Quien viere el sumptuoso
túmulo al alto cielo levantado,
de luto rodeado,
de lumbres mil copioso,
si se para a mirar quién es el muerto,
será desde hoy bien cierto
que no podrá en el mundo bastar nada
para estorbar la fiera muerte airada.
Ni edad, ni gentileza,
ni sangre real antigua y generosa,
ni de la más gloriosa
corona la belleza,
ni fuerte corazón, ni muestras claras
de altas virtudes raras,
ni tan gran padre, ni tan grande abuelo,
que llenan con su fama tierra y cielo.
¿Quién ha de estar seguro,
pues la fénix que sola tuvo el mundo,
y otro Carlos segundo,
nos lleva el hado duro?
Y vimos sin color su blanca cara,
a su España tan cara,
como la tierna rosa delicada,
que fue sin tiempo y sin razón cortada.
Ilustre y alto mozo,
a quien el cielo dio tan corta vida,
que apenas fue sentida,
fuiste breve gozo
y ahora luengo llanto de tu España,

de Flandes y Alemaña,
Italia y de aquel mundo nuevo y rico,
con quien cualquier imperio es corto y chico.
No temas que la muerte
vaya de tus despojos vitoriosa;
antes irá medrosa
de tu espíritu fuerte,
las ínclitas hazañas que hicieras,
los triunfos que tuvieras;
y vio que a no perderte se perdía.
y ansí el mismo temor le dio osadía.

Del conocimiento de sí mismo

Canción

En el profundo del abismo estabas
del no ser encerrado y detenido,
sin poder ni saber salir afuera,
y todo lo que es algo en mí faltaba,
la vida, el alma, el cuerpo y el sentido;
y en fin, mi ser no ser entonces era,
y así de esta manera
estuve eternamente
nada visible y sin tratar con gente,
en tal suerte que aun era muy más buena
del ancho mar la más menuda arena;
y el gusanillo de la gente hollado
un rey era, conmigo comparado.
Estando, pues, en tal tiniebla oscura,
volviendo ya con curso presuroso
el sexto siglo el estrellado cielo,
miró el gran Padre, Dios de la natura,
y viome en sí benigno y amoroso,
y sacóme a la luz de aqueste suelo,
vistióme de este velo,
de flaca carne y güeso,
mas diome el alma, a quien no hubiera peso,
que impidiera llegar a la presencia
de la divina e inefable Esencia,
si la primera culpa no agravara
su ligereza y alas derribara
¡Oh culpa amarga, y cuánto bien quitaste
al alma mía! ¡Cuánto mal hiciste!

Luego que fue criada y junto infusa,
tú de gracia y justicia la privaste,
y al mismo Dios contraria la pusiste;
ciega, enemiga, sin favor, confusa,
por ti siempre rehúsa
el bien, y la molesta
la virtud, y a los vicios está presta;
por ti la fiera muerte ensangrentada,
por ti toda miseria tuvo entrada,
hambre, dolor, gemido, fuego, invierno,
pobreza, enfermedad, pecado, infierno.
Así que en los pañales del pecado
fui, como todos, luego al punto envuelto
y con la obligación de eterna pena,
con tanta fuerza y tan estrecho atado,
que no pudiera de ella verme suelto
en virtud propia ni en virtud ajena,
sino de aquella (llena
de piedad tan fuerte)
bondad, que con su muerte a nuestra muerte
mató, y gloriosamente hubo deshecho,
rompiendo el amoroso y sacro pecho,
de donde mana soberana fuente
de gracia y de salud a toda gente.
En esto plugo a la bondad inmensa
darme otro ser más alto que tenía,
bañándome en el agua consagrada;
quedó con esto limpia de la ofensa,
graciosísima y bella el alma mía,
de mil bienes y dones adornada;
en fin, cual desposada
con el Rey de la gloria,

¡oh, cuán dulce y suavísima memoria!,
allí la recibió por cara Esposa,
y allí le prometió de no amar cosa
fuera de él o por él, mientras viviese.
¡Oh, si, de hoy más siquiera, lo cumpliese!
Crecí después y fui en edad entrando;
llegué a la discreción, con que debiera
entregarme a quien tanto me había dado,
y, en vez de esto la lealtad quebrando,
que en el bautismo sacro prometiera
y con mi propio nombre había firmado,
aún no hubo bien llegado
el deleite vicioso
del cruel enemigo venenoso,
cuando con todo di en un punto al traste.
¿Hay corazón tan duro en sí, que baste
a no romperse dentro en nuestro seno,
de pena el mío, de lástima el ajeno?
Más que la tierra queda tenebrosa,
cuando su claro rostro el Sol ausenta
y a bañar lleva al mar su carro de oro;
más estéril, más seca y pedregosa,
que cuando largo tiempo está sedienta,
quedó mi alma sin aquel tesoro,
por quien yo plaño y lloro,
y hay que llorar contino,
pues que quedé sin luz del Sol divino,
y sin aquel rocío soberano,
que obraba en ella el celestial verano;
ciega, disforme, torpe y a la hora
hecha una vil esclava de señora.
¡Oh, Padre inmenso, que inmovible estando

das a las cosas movimiento y vida,
y las gobiernas tan süavemente!,
¿qué amor detuvo tu justicia, cuando
mi alma tan ingrata y atrevida,
dejando a ti, del bien eterno fuente,
con ansia tan ardiente
en aguas detenidas
de cisternas corruptas y podridas,
se echó de pechos ante tu presencia?
¡Oh, divina y altísima clemencia,
que no me despeñases al momento
en el largo profundo del tormento!
Sufrióme entonces tu piedad divina
y sacóme de aquel hediondo cieno,
do, sin sentir aún el hedor, estaba
con falsa paz el ánima mezquina,
juzgando por tan rico y tan sereno
el miserable estado que gozaba,
que solo deseaba
perpetuo aquel contento;
pero sopló a deshora un manso viento
del Espíritu eterno, y, enviando
un aire dulce al alma, fue llevando
la espesa niebla que la luz cubría,
dándole un claro y muy sereno día.
Vio luego de su estado la vileza,
en que, guardando inmundos animales,
de su tan vil manjar aún no se hartara;
vio el fruto del deleite y de torpeza
ser confusión, y penas tan mortales;
temió la recta y no doblada vara,
y la severa cara

de aquel juez sempiterno;
la muerte, juicio, gloria, fuego, infierno,
cada cual acudiendo por su parte,
la cercan con tal fuerza y de tal arte,
que, quedando confuso y temeroso,
temblando estaba sin hallar reposo.
Ya que, en mí vuelto, sosegué algún tanto,
en lágrimas bañando el pecho y suelo,
y con suspiros abrasando el viento:
«Padre piadoso, dije, Padre santo,
benigno Padre, Padre de consuelo,
perdonad, Padre, aqueste atrevimiento;
a vos vengo, aunque siento,
de mí mismo corrido,
que no merezco ser de vos oído;
mas mirad las heridas que me han hecho
mis pecados, cuán roto y cuán deshecho
me tienen, y cuán pobre y miserable,
ciego, leproso, enfermo, lamentable.
Mostrad vuestras entrañas amorosas
en recebirme agora y perdonarme,
pues es, benigno Dios, tan propio vuestro
tener piedad de todas vuestras cosas;
y si os place, Señor, de castigarme,
no me entreguéis al enemigo nuestro;
a diestro y a siniestro
tomad vos la venganza,
herid en mí con fuego, azote y lanza;
cortad, quemad, romped; sin duelo alguno
atormentad mis miembros de uno a uno,
con que, después de aqueste tal castigo,
volváis a ser mi Dios, mi buen amigo».

Apenas hube dicho aquesto, cuando
con los brazos abiertos me levanta
y me otorga su amor, su gracia y vida,
y a mis males y llagas aplicando
la medicina soberana y santa,
a tal enfermedad constituida,
me deja sin herida,
de todo punto sano,
pero con las heridas del tirano
hábito, que iba ya en naturaleza
volviéndose, y con una tal flaqueza,
que, aunque sané del mal y su accidente,
diez años ha que soy convaleciente.

Del mundo y su vanidad

Los que tenéis en tanto
la vanidad del mundanal ruido,
cual áspide al encanto
del Mágico temido,
podréis tapar el contumaz oído.
Porque mi ronca musa,
en lugar de cantar como solía,
tristes querellas usa,
y a sátira la guía
del mundo la maldad y tiranía.
Escuchen mi lamento
los que, cual yo, tuvieren justas quejas,
que bien podrá su acento
abrasar las orejas,
rugar la frente y enarcar las cejas.
Mas no podrá mi lengua
sus males referir, ni comprehendellos,
ni sin quedar sin mengua
la mayor parte dellos,
aunque se vuelven lenguas mis cabellos.
Pluguiera a Dios que fuera
igual a la experiencia el desengaño,
que daros le pudiera,
porque, si no me engaño,
naciera gran provecho de mi daño.
No condeno del mundo
la máquina, pues es de Dios hechura;
en sus abismos fundo
la presente escritura,

cuya verdad el campo me asegura.
Inciertas son sus leyes,
incierta su medida y su balanza,
sujetos son los reyes,
y el que menos alcanza,
a miserable y súbita mudanza.
No hay cosa en él perfecta;
en medio de la paz arde la guerra,
que al alma más quieta
en los abismos cierra,
y de su patria celestial destierra.
Es caduco, mudable,
y en solo serlo más que peña firme;
en el bien variable,
porque verdad confirme
y con decillo su maldad afirme.
Largas sus esperanzas
y, para conseguir, el tiempo breve;
penosas las mudanzas
del aire, Sol y nieve,
que en nuestro daño el cielo airado mueve.
Con rigor enemigo
las cosas entre sí todas pelean,
mas el hombre consigo;
contra él todas se emplean,
y toda perdición suya desean.
La pobreza envidiosa,
la riqueza de todos envidiada;
mas ésta no reposa
para ser conservada,
ni puede aquélla tener gusto en nada.
La soledad huida

es de los por quien fue más alabada,
la trápala seguida
y con sudor comprada
de aquellos por quien fue menospreciada.
Es el mayor amigo
espejo, día, lumbre en que nos vemos;
en presencia testigo
del bien que no tenemos,
y en ausencia del mal que no hacemos.
Pródigo en prometernos
y, en cumplir tus promesas, mundo, avaro,
tus cargos y gobiernos
nos enseñan bien claro
que es tu mayor placer, de balde, caro.
Guay del que los procura,
pues hace la prisión, a do se queda
en servidumbre dura,
cual gusano de seda,
que en su delgada fábrica se enreda.
Porque el mejor es cargo,
y muy pesado de llevar agora,
y después más amargo,
pues perdéis a deshora
su breve gusto que sin fin se llora.
Tal es la desventura
de nuestra vida, y la miseria della,
que es próspera ventura
nunca jamás tenella
con justo sobresalto de perdella.
¿De dó, señores, nace
que nadie de su estado está contento,
y más le satisface

al libre el casamiento,
y al que es casado el libre pensamiento?
«¡Oh, dichosos tratantes!»,
ya quebrantado del pegado hierro,
escapado denantes
por acertado yerro,
dice el soldado en áspero destierro,
«que pasáis vuestra vida
muy libre ya de trabajosa pena,
segura la comida
y mucho más la cena,
llena de risa y de pesar ajena».
«¡Oh, dichoso soldado!»,
responde el mercader del espacioso
mar en alto llevado,
«que gozas de reposo
con presta muerte o con vencer glorioso».
El rústico villano
la vida con razón invidia y ama
del consulto tirano,
que desde la su cama
oye la voz del consultor que llama;
el cual, por la fianza
del campo a la ciudad por mal llevado,
llama, sin esperanza
del buey y corvo arado,
al ciudadano bienaventurado.
Y no solo sujetos
los hombres viven a miserias tales,
que por ser más perfetos
lo son todos sus males,
sino también los brutos animales.

Del arado quejoso,
el perezoso buey pide la silla,
y el caballo brioso
(mirad qué maravilla)
querría más arar que no sufrilla.
Y lo que más admira,
mundo cruel, de tu costumbre mala,
es ver cómo el que aspira
al bien, que le señala
su misma inclinación, luego resbala.
Pues no tan presto llega
al término por él tan deseado,
cuando es de torpe y ciega
voluntad despreciado,
o de fortuna en tierno agraz cortado.
Bastáranos la prueba
que en otros tiempos ha la muerte hecho,
sin la funesta nueva,
de don Juan, cuyo pecho
alevemente della fue deshecho.
Con lágrimas de fuego,
hasta quedar en ellas abrasado
o, por lo menos, ciego,
de mí serás llorado,
por no ver tanto bien tan malogrado.
La rigurosa muerte,
del bien de los cristianos invidiosa,
rompió de un golpe fuerte
la esperanza dichosa,
y del infiel la pena temerosa.
Mas porque de cumplida
gloria no goce —de morir tal hombre—

la gente descreída,
tu muerte les asombre
con solo la memoria de tu nombre.
Sientan lo que sentimos;
su gloria vaya con pesar mezclada;
recuérdense que vimos
la mar acrecentada
con su sangre vertida y no vengada.
La grave desventura
del Lusitano, por su mal valiente,
la soberbia bravura
de su bisoña gente,
desbaratada miserablemente,
siempre debe llorarse,
si, como manda la razón, se llora;
mas no podrá jactarse
la parte vencedora,
pues reyes dio por rey la gente mora.
Ansí que nuestra pena
no les pudo causar perpetua gloria,
pues, siendo toda llena
de sangrieta memoria,
no se pudo llamar buena vitoria.
Callo las otras muertes
de tantos reyes en tan pocos días,
cuyas fúnebres suertes
fueron anatomías,
que liquidar podrán las peñas frías.
Sin duda cosas tales,
que en nuestro daño todas se conjuran,
de venideros males
muestras nos aseguran

y al fin universal nos apresuran.
¡Oh, ciego desatino!,
que llevas nuestras almas encantadas
por áspero camino,
por partes desusadas,
al reino del olvido condenadas.
Sacude con presteza
del leve corazón el grave sueño
y la tibia pereza,
que con razón desdeño,
y al ejercicio aspira que te enseño.
Soy hombre piadoso
de tu misma salud, que va perdida;
sácala del penoso
trance do está metida:
evitarás la natural caída,
a la cual nos inclina
la justa pena del primer bocado;
mas en la rica mina
del inmortal costado,
muerto de amor, serás vivificado.

Después que no descubren su lucero

Después que no descubren su lucero
mis ojos lagrimosos noche y día,
llevado del error, sin vela y guía,
navego por un mar amargo y fiero.
El deseo, la ausencia, el carnicero
recelo, y de la ciega fantasía
las olas más furiosas a porfía
me llegan al peligro postrimero.
Aquí una voz me dice: cobre aliento,
señora, con la fe que me habéis dado
y en mil y mil maneras repetido.
Mas, —¿cuánto desto allá llevado ha el
viento?,
respondo: y a las olas entregado,
el puerto desespero, el hondo pido.

Oh cortesía, oh dulce acogimiento

¡Oh cortesía, oh dulce acogimiento,
oh celestial saber, oh gracia pura,
oh, de valor dotado y de dulzura,
pecho real, honesto pensamiento!
¡Oh luces, del amor querido asiento,
oh boca, donde vive la hermosura,
oh habla suavísima, oh figura
angelical, oh mano, oh sabio acento!
Quien tiene en solo vos atesorado
su gozo y vida alegre y su consuelo,
su bienaventurada y rica suerte,
cuando de vos se viere desterrado,
¡ay! ¿qué le quedará sino recelo,
y noche y amargor y llanto y muerte?

Oda I. Vida retirada

¡Qué descansada vida
la del que huye del mundanal ruido,
y sigue la escondida
senda, por donde han ido
los pocos sabios que en el mundo han sido;
 Que no le enturbia el pecho
de los soberbios grandes el estado,
ni del dorado techo
se admira, fabricado
del sabio Moro, en jaspe sustentado!
 No cura si la fama
canta con voz su nombre pregonera,
ni cura si encarama
la lengua lisonjera
lo que condena la verdad sincera.
 ¿Qué presta a mi contento
si soy del vano dedo señalado;
si, en busca deste viento,
ando desalentado
con ansias vivas, con mortal cuidado?
 ¡Oh monte, oh fuente, oh río,!
¡Oh secreto seguro, deleitoso!
Roto casi el navío,
a vuestro almo reposo
huyo de aqueste mar tempestuoso.
 Un no rompido sueño,
un día puro, alegre, libre quiero;
no quiero ver el ceño
vanamente severo

de a quien la sangre ensalza o el dinero.
 Despiértenme las aves
con su cantar sabroso no aprendido;
no los cuidados graves
de que es siempre seguido
el que al ajeno arbitrio está atenido.
 Vivir quiero conmigo,
gozar quiero del bien que debo al cielo,
a solas, sin testigo,
libre de amor, de celo,
de odio, de esperanzas, de recelo.
 Del monte en la ladera,
por mi mano plantado tengo un huerto,
que con la primavera
de bella flor cubierto
ya muestra en esperanza el fruto cierto.
 Y como codiciosa
por ver y acrecentar su hermosura,
desde la cumbre airosa
una fontana pura
hasta llegar corriendo se apresura.
 Y luego, sosegada,
el paso entre los árboles torciendo,
el suelo de pasada
de verdura vistiendo
y con diversas flores va esparciendo.
 El aire del huerto orea
y ofrece mil olores al sentido;
los árboles menea
con un manso ruido
que del oro y del cetro pone olvido.
 Téngase su tesoro

los que de un falso leño se confían;
no es mío ver el lloro
de los que desconfían
cuando el cierzo y el ábrego porfían.
 La combatida antena
cruje, y en ciega noche el claro día
se torna, al cielo suena
confusa vocería,
y la mar enriquecen a porfía.
 A mí una pobrecilla
mesa de amable paz bien abastada
me basta, y la vajilla,
de fino oro labrada
sea de quien la mar no teme airada.
 Y mientras miserable-
mente se están los otros abrazando
con sed insaciable
del peligroso mando,
tendido yo a la sombra esté cantando.
 A la sombra tendido,
de hiedra y lauro eterno coronado,
puesto el atento oído
al son dulce, acordado,
del plectro sabiamente meneado.

Oda II. A don Pedro Portocarrero

Virtud, hija del cielo,
la más ilustre empresa de la vida,
en el escuro suelo
luz tarde conocida,
senda que guía al bien, poco seguida;
tú dende la hoguera
al cielo levantaste al fuerte Alcides,
tú en la más alta esfera
con las estrellas mides
al Cid, clara victoria de mil lides.
Por ti el paso desvía
de la profunda noche, y resplandece
muy más que el claro día
de Leda el parto, y crece
el Córdoba a las nubes, y florece;
y por su senda agora
traspasa luengo espacio con ligero
pie y ala voladora
el gran Portocarrero,
osado de ocupar el bien primero.
Del vulgo se descuesta,
hollando sobre el oro; firme aspira
a lo alto de la cuesta;
ni violencia de ira,
ni blando y dulce engaño le retira.
Ni mueve más ligera,
ni más igual divide por derecha
el aire, y fiel carrera,
o la traciana flecha

o la bola tudesca un fuego hecha.
En pueblo inculto y duro
induce poderoso igual costumbre
y, do se muestra escuro
el cielo, enciende lumbre,
valiente a ilustrar más alta cumbre.
Dichosos los que baña
el Miño, los que el mar monstruoso cierra,
dende la fiel montaña
hasta el fin de la tierra,
los que desprecia de Eume la alta sierra.

Oda III. A Francisco de Salinas

A Francisco Salinas
Catedrático de Música de la Universidad de
Salamanca

El aire se serena
y viste de hermosura y luz no usada,
Salinas, cuando suena
la música estremada,
por vuestra sabia mano gobernada.
A cuyo son divino
el alma, que en olvido está sumida,
torna a cobrar el tino
y memoria perdida
de su origen primera esclarecida.
Y como se conoce,
en suerte y pensamientos se mejora;
el oro desconoce,
que el vulgo vil adora,
la belleza caduca, engañadora.
Traspasa el aire todo
hasta llegar a la más alta esfera,
y oye allí otro modo
de no perecedera
música, que es la fuente y la primera.
Ve cómo el gran maestro,
aquesta inmensa cítara aplicado,
con movimiento diestro
produce el son sagrado,
con que este eterno templo es sustentado.
Y como está compuesta

de números concordes, luego envía
consonante respuesta;
y entrambas a porfía
se mezcla una dulcísima armonía.
Aquí la alma navega
por un mar de dulzura, y finalmente
en él ansí se anega
que ningún accidente
estraño y peregrino oye o siente.
¡Oh, desmayo dichoso!
¡Oh, muerte que das vida! ¡Oh, dulce olvido!
¡Durase en tu reposo,
sin ser restituido
jamás a aqueste bajo y vil sentido!
A este bien os llamo,
gloria del apolíneo sacro coro,
amigos a quien amo
sobre todo tesoro;
que todo lo visible es triste lloro.
¡Oh, suene de contino,
Salinas, vuestro son en mis oídos,
por quien al bien divino
despiertan los sentidos
quedando a lo demás amortecidos!

Oda IV. Canción al nacimiento de la hija del marqués de Alcañices

Inspira nuevo canto,
Calíope, en mi pecho aqueste día,
que de los Borjas canto,
y Enríquez, la alegría
del rico don que el cielo les invía.
Hermoso Sol luciente,
que el día das y llevas, rodeado
de la luz resplandeciente
más de lo acostumbrado,
sal y verás nacido tu traslado;
o, si te place agora
en la región contraria hacer manida,
detente allá en buen hora,
que con la luz nacida
podrá ser nuestra esfera esclarecida.
Alma divina, en velo
de femeniles miembros encerrada,
cuando veniste al suelo,
robaste de pasada
la celestial riquísima morada.
Diéronte bien sin cuento
con voluntad concorde y amorosa
quien rige el movimiento
sexto con la diosa,
de la tercera rueda poderosa.
De tu belleza rara
el envidioso viejo mal pagado
torció el paso y la cara,

y el fiero Marte airado
el camino dejó desocupado.
Y el rojo y crespo Apolo,
que tus pasos guiando descendía
contigo al bajo polo,
la cítara hería
y con divino canto ansí decía:
«Deciende en punto bueno,
espíritu real, al cuerpo hermoso,
que en el ilustre seno
te espera, deseoso
por dar a tu valor digno reposo.
Él te dará la gloria
que en el terreno cerco es más tenida,
de agüelos larga historia,
por quien la no hundida
Nave, por quien la España fue regida.
Tú dale en cambio desto
de los eternos bienes la nobleza,
deseo alto, honesto,
generosa grandeza,
claro saber, fe llena de pureza.
En tu rostro se vean
de su beldad sin par vivas señales;
los tus dos ojos sean
dos luces inmortales,
que guíen al sumo bien a los mortales.
El cuerpo delicado,
como cristal lucido y transparente,
tu gracia y bien sagrado,
tu luz, tu continente,
a sus dichosos siglos represente.

La soberana agüela,
dechado de virtud y hermosura,
la tía, de quien vuela
la fama, en quien la dura
muerte mostró lo poco que el bien dura,
con todas cuantas precio
de gracia y de belleza hayan tenido,
serán por ti en desprecio,
y puestas en olvido,
cual hace la verdad con lo fingido.
¡Ay tristes! ¡ay dichosos
los ojos que te vieren! huyan luego,
si fueren poderosos,
antes que prenda el fuego,
contra quien no valdrá ni oro ni ruego.
Ilustre y tierna planta,
dulce gozo de tronco generoso,
creciendo te levanta
a estado el más dichoso
de cuantos dio ya el cielo venturoso.»

Oda V. De la avaricia

A Felipe Ruiz

En vano el mar fatiga
la vela portuguesa; que ni el seno
de Persia ni la amiga
Maluca da árbol bueno,
que pueda hacer un ánimo sereno.
No da reposo al pecho,
Felipe, ni la India, ni la rara
esmeralda provecho;
que más tuerce la cara
cuanto posee más el alma avara.
Al capitán romano
la vida, y no la sed, quitó el bebido
tesoro persiano;
y Tántalo, metido
en medio de las aguas, afligido
de sed está; y más dura
la suerte es del mezquino, que sin tasa
se cansa ansí, y endura
el oro, y la mar pasa
osado, y no osa abrir la mano escasa.
¿Qué vale el no tocado
tesoro, si corrompe el dulce sueño,
si estrecha el ñudo dado,
si más enturbia el ceño,
y deja en la riqueza pobre al dueño?

Oda VI. De la Magdalena

Elisa, ya el preciado
cabello, que del oro escarnio hacía,
la nieve ha variado;
¡ay! ¿yo no te decía:
—Recoge, Elisa, el pie, que vuela el día?
Ya los que prometían
durar en tu servicio eternamente,
ingratos se desvían
por no mirar la frente
con rugas afeada, el negro diente.
¿Qué tienes del pasado
tiempo sino dolor? ¿cuál es el fruto
que tu labor te ha dado,
si no es tristeza y luto,
y el alma hecha sierva a vicio bruto?
¿Qué fe te guarda el vano,
por quien tú no guardaste la debida
a tu bien soberano,
por quien mal proveída
perdiste de tu seno la querida
prenda, por quien velaste,
por quien ardiste en celos, por quien uno
el cielo fatigaste
con gemido importuno,
por quien nunca tuviste acuerdo alguno
de ti mesma? Y agora,
rico de tus despojos, más ligero
que el ave, huye, adora
a Lida el lisonjero;

tú quedas entregada al dolor fiero.
¡Oh cuánto mejor fuera
el don de hermosura, que del cielo
te vino, a cuyo era
habello dado en velo
santo, guardado bien del polvo y suelo!
Mas hora no hay tardía,
tanto nos es el cielo piadoso,
mientras que dura el día;
el pecho hervoroso
en breve del dolor saca reposo;
que la gentil señora
de Mágdalo, bien que perdidamente
dañada, en breve hora
con el amor ferviente
las llamas apagó del fuego ardiente,
las llamas del malvado
amor con otro amor más encendido;
y consiguió el estado,
que no fue concedido
al huésped arrogante en bien fingido.
De amor guiada, y pena,
penetra el techo estraño, y atrevida
ofrécese a la ajena
presencia, y sabia olvida
el ojo mofador; buscó la vida;
y, toda derrocada
a los divinos pies que la traían,
lo que la en sí fiada
gente olvidado habían,
sus manos, boca y ojos lo hacían.
Lavaba larga en lloro

al que su torpe mal lavando estaba;
limpiaba con el oro,
que la cabeza ornaba,
a su limpieza, y paz a su paz daba.
Decía: «Solo amparo
de la miseria extrema, medicina
de mi salud, reparo
de tanto mal, inclina
aqueste cieno tu piedad divina.
¡Ay! ¿Qué podrá ofrecerte
quien todo lo perdió? aquestas manos
osadas de ofenderte,
aquestos ojos vanos
te ofrezco, y estos labios tan profanos.
Lo que sudó en tu ofensa
trabaje en tu servicio, y de mis males
proceda mi defensa;
mis ojos, dos mortales
fraguas, dos fuentes sean manantiales.
Bañen tus pies mis ojos,
límpienlos mis cabellos; de tormento
mi boca, y red de enojos,
les dé besos sin cuento;
y lo que me condena te presento:
preséntate un sujeto
tan mortalmente herido, cual conviene,
do un médico perfeto
de cuanto saber tiene
dé muestra, que por siglos mil resuene.»

Oda VII. Profecía del Tajo

Folgaba el Rey Rodrigo
con la hermosa Cava en la ribera
del Tajo, sin testigo;
el río sacó fuera
el pecho, y le habló desta manera:
«En mal punto te goces,
injusto forzador; que ya el sonido
oyo, ya y las voces,
las armas y el bramido
de Marte, de furor y ardor ceñido.
¡Ay! esa tu alegría
qué llantos acarrea, y esa hermosa,
que vio el Sol en mal día,
a España ¡ay cuán llorosa!,
y al cetro de los Godos ¡cuán costosa!
Llamas, dolores, guerras,
muertes, asolamientos, fieros males
entre tus brazos cierras,
trabajos inmortales
a ti y a tus vasallos naturales;
a los que en Constantina
rompen el fértil suelo, a los que baña
el Ebro, a la vecina
Sansueña, a Lusitaña:
a toda la espaciosa y triste España.
Ya dende Cádiz llama
el injuriado Conde, a la venganza
atento y no a la fama,
la bárbara pujanza,

en quien para tu daño no hay tardanza.
Oye que al cielo toca
con temeroso son la trompa fiera,
que en África convoca
el moro a la bandera
que al aire desplegada va ligera.
La lanza ya blandea
el árabe crüel, y hiere el viento,
llamando a la pelea;
innumerable cuento
de escuadras juntas veo en un momento.
Cubre la gente el suelo,
debajo de las velas desparece
la mar; la voz al cielo
confusa y varia crece;
el polvo roba el día y le escurece.
¡Ay!, que ya presurosos
suben las largas naves. ¡Ay!, que tienden
los brazos vigorosos
a los remos, y encienden
las mares espumosas por do hienden.
El Éolo derecho
hinche la vela en popa, y larga entrada
por el Hercúleo Estrecho
con la punta acerada
el gran padre Neptuno da a la armada.
¡Ay, triste! ¿y aun te tiene
el mal dulce regazo? ¿Ni llamado
al mal que sobreviene,
no acorres? ¿Ocupado,
no ves ya el puerto a Hércules sagrado?
Acude, acorre, vuela,

traspasa la alta sierra, ocupa el llano;
no perdones la espuela,
no des paz a la mano,
menea fulminando el hierro insano.»
¡Ay, cuánto de fatiga,
ay, cuánto de sudor está presente
al que viste loriga,
al infante valiente,
a hombres y a caballos juntamente!
Y tú, Betis divino,
de sangre ajena y tuya amancillado,
darás al mar vecino
¡cuánto yelmo quebrado,
cuánto cuerpo de nobles destrozado!
El furibundo Marte
cinco luces las haces desordena,
igual a cada parte;
la sexta, ¡ay!, te condena,
¡oh, cara patria!, a bárbara cadena.

Oda VIII. Noche serena

A Don Loarte

Cuando contemplo el cielo
de innumerables luces adornado,
y miro hacia el suelo
de noche rodeado,
en sueño y en olvido sepultado,
el amor y la pena
despiertan en mi pecho un ansia ardiente;
despiden larga vena
los ojos hechos fuente;
Loarte y digo al fin con voz doliente:
«Morada de grandeza,
templo de claridad y hermosura,
el alma, que a tu alteza
nació, ¿qué desventura
la tiene en esta cárcel baja, escura?
¿Qué mortal desatino
de la verdad aleja así el sentido,
que, de tu bien divino
olvidado, perdido
sigue la vana sombra, el bien fingido?
El hombre está entregado
al sueño, de su suerte no cuidando;
y, con paso callado,
el cielo, vueltas dando,
las horas del vivir le va hurtando.
¡Oh, despertad, mortales!
Mirad con atención en vuestro daño.
Las almas inmortales,

hechas a bien tamaño,
¿podrán vivir de sombra y de engaño?
¡Ay, levantad los ojos
aquesta celestial eterna esfera!
burlaréis los antojos
de aquesa lisonjera
vida, con cuanto teme y cuanto espera.
¿Es más que un breve punto
el bajo y torpe suelo, comparado
con ese gran trasunto,
do vive mejorado
lo que es, lo que será, lo que ha pasado?
Quien mira el gran concierto
de aquestos resplandores eternales,
su movimiento cierto
sus pasos desiguales
y en proporción concorde tan iguales;
la Luna cómo mueve
la plateada rueda, y va en pos della
la luz do el saber llueve,
y la graciosa estrella
de amor la sigue reluciente y bella;
y cómo otro camino
prosigue el sanguinoso Marte airado,
y el Júpiter benino,
de bienes mil cercado,
serena el cielo con su rayo amado;
—rodéase en la cumbre
Saturno, padre de los siglos de oro;
tras él la muchedumbre
del reluciente coro
su luz va repartiendo y su tesoro—:

¿quién es el que esto mira
y precia la bajeza de la tierra,
y no gime y suspira
y rompe lo que encierra
el alma y destos bienes la destierra?
Aquí vive el contento,
aquí reina la paz; aquí, asentado
en rico y alto asiento,
está el Amor sagrado,
de glorias y deleites rodeado.
Inmensa hermosura
aquí se muestra toda, y resplandece
clarísima luz pura,
que jamás anochece;
eterna primavera aquí florece.
¡Oh campos verdaderos!
¡Oh prados con verdad frescos y amenos!
¡Riquísimos mineros!
¡Oh deleitosos senos!
¡Repuestos valles, de mil bienes llenos!»

Oda IX. Las serenas

A Cherinto

No te engañe el dorado
vaso ni, de la puesta al bebedero
sabrosa miel, cebado;
dentro al pecho ligero,
Cherinto, no traspases el postrero
asensio; ten dudosa
la mano liberal, que esa azucena,
esa purpúrea rosa,
que el sentido enajena,
tocada, pasa al alma y la envenena.
Retira el pie; que asconde
sierpe mortal el prado, aunque florido
los ojos roba; adonde
aplace más, metido
el peligroso lazo está, y tendido.
Pasó tu primavera;
ya la madura edad te pide el fruto
de gloria verdadera;
¡ay! pon del cieno bruto
los pasos en lugar firme y enjuto,
antes que la engañosa
Circe, del corazón apoderada,
con copa ponzoñosa
el alma trasformada,
te ajunte nueva fiera a su manada.
No es dado al que allí asienta,
si ya el cielo dichoso no le mira,
huir la torpe afrenta;

o arde oso en ira
o, hecho jabalí, gime y suspira.
No fíes en viveza:
atiende al sabio rey Solimitano;
no vale fortaleza:
que al vencedor Gazano
condujo a triste fin femenil mano;
imita al alto Griego,
que sabio no aplicó la noble antena
al enemigo ruego
de la blanda Serena,
por do por siglos mil su fama suena;
decía comoviendo
el aire en dulce son: «La vela inclina,
que, del viento huyendo,
por los mares camina,
Ulises, de los Griegos luz divina;
allega y da reposo
al inmortal cuidado, y entretanto
conocerás curioso
mil historias que canto,
que todo navegante hace otro tanto;
Todos de su camino
tuercen a nuestra voz y, satisfecho
con el cantar divino
el deseoso pecho,
a sus tierras se van con más provecho.
Que todo lo sabemos
cuanto contiene el suelo, y la reñida
guerra te cantaremos
de Troya, y su caída,
por Grecia y por los dioses destruida.»

Ansí falsa cantaba
ardiendo en crueldad; mas él prudente
a la voz atajaba
el camino en su gente
con la aplicada cera suavemente.
Si a ti se presentare,
los ojos sabio cierra; firme atapa
la oreja, si llamare;
si prendiere la capa,
huye, que solo aquel que huye escapa.

Oda X. A Felipe Ruiz

¿Cuándo será que pueda,
libre desta prisión volar al cielo,
Felipe, y en la rueda,
que huye más del suelo,
contemplar la verdad pura sin duelo?
Allí a mi vida junto,
en luz resplandeciente convertido,
veré distinto y junto
lo que es y lo que ha sido,
y su principio propio y ascondido.
Entonces veré cómo
la soberana mano echó el cimiento
tan a nivel y plomo,
dó estable y firme asiento
posee el pesadísimo elemento.
Veré las inmortales
columnas do la tierra está fundada;
las lindes y señales
con que a la mar hinchada
la Providencia tiene aprisionada;
por qué tiembla la tierra;
por qué las hondas mares se embravecen,
dó sale a mover guerra
el cierzo, y por qué crecen
las aguas del Océano y descrecen;
de dó manan las fuentes;
quién ceba y quién bastece de los ríos
las perpetuas corrientes;
de los helados fríos

veré las causas, y de los estíos;
las soberanas aguas
del aire en la región quién las sostiene;
de los rayos las fraguas,
dó los tesoros tiene
de nieve Dios, y el trueno dónde viene.
¿No ves cuando acontece
turbarse el aire todo en el verano?
El día se ennegrece,
sopla el gallego insano,
y sube hasta el cielo el polvo vano;
y entre las nubes mueve
su carro Dios, ligero y reluciente;
horrible son conmueve,
relumbra fuego ardiente,
treme la tierra, humíllase la gente;
la lluvia baña el techo;
invían largos ríos los collados;
su trabajo deshecho,
los campos anegados,
miran los labradores espantados.
Y de allí levantado,
veré los movimientos celestiales,
ansí el arrebatado
como los naturales,
las causas de los hados, las señales.
Quién rige las estrellas
veré, y quién las enciende con hermosas
y eficaces centellas;
por qué están las dos Osas
de bañarse en el mar siempre medrosas.
Veré este fuego eterno,

fuente de vida y luz, dó se mantiene;
y por qué en el invierno
tan presuroso viene,
quien en las noches largas se detiene.
Veré sin movimiento
en la más alta esfera las moradas
del gozo y del contento,
de oro y luz labradas,
de espíritus dichosos habitadas.

Oda XI. Al licenciado Juan de Grial

Recoge ya en el seno
el campo su hermosura, el cielo aoja
con luz triste el ameno
verdor, y hoja a hoja
las cimas de los árboles despoja.
Ya Febo inclina el paso
al resplandor egeo; ya del día
las horas corta escaso;
ya Éolo al mediodía,
soplando espesas nubes nos envía;
ya el ave vengadora
del Íbico navega los nublados
y con voz ronca llora,
y, el yugo al cuello atados,
los bueyes van rompiendo los sembrados.
El tiempo nos convida
a los estudios nobles, y la fama,
Grial, a la subida
del sacro monte llama,
do no podrá subir la postrer llama;
alarga el bien guiado
paso y la cuesta vence y solo gana
la cumbre del collado
y, do más pura mana
la fuente, satisfaz tu ardiente gana;
no cures si el perdido
error admira el oro y va sediento
en pos de un bien fingido,
que no ansí vuela el viento,

cuanto es fugaz y vano aquel contento;
escribe lo que Febo
te dicta favorable, que lo antiguo
iguala y pasa el nuevo
estilo; y, caro amigo,
no esperes que podré atener contigo,
que yo, de un torbellino
traidor acometido y derrocado
del medio del camino
al hondo, el plectro amado
y del vuelo las alas he quebrado.

Oda XII. A Felipe Ruiz

¿Qué vale cuanto vee,
do nace y do se pone, el Sol luciente,
lo que el Indio posee,
lo que da el claro Oriente
con todo lo que afana la vil gente?
El uno, mientras cura
dejar rico descanso a su heredero,
vive en pobreza dura
y perdona al dinero
y contra sí se muestra crudo y fiero;
el otro, que sediento
anhela al señorío, sirve ciego
y, por subir su asiento,
abájase a vil ruego
y de la libertad va haciendo entrego.
Quien de dos claros ojos
y de un cabello de oro se enamora,
compra con mil enojos
una menguada hora,
un gozo breve que sin fin se llora.
Dichoso el que se mide,
Felipe, y de la vida el gozo bueno
a sí solo lo pide,
y mira como ajeno
aquello que no está dentro en su seno.
Si resplandece el día,
si Éolo su reino turba, ensaña,
el rostro no varía
y, si la alta montaña

encima le viniere, no le daña.
Bien como la ñudosa
carrasca, en alto risco desmochada
con hacha poderosa,
del ser despedazada
del hierro torna rica y esforzada;
querrás hundille y crece
mayor que de primero y, si porfía
la lucha, más florece
y firme al suelo invía
al que por vencedor ya se tenía.
Esento a todo cuanto
presume la fortuna, sosegado
está y libre de espanto
ante el tirano airado,
de hierro, de crueza y fuego armado;
«El fuego —dice— enciende;
aguza el hierro crudo, rompe y llega
y, si me hallares, prende
y da a tu hambre ciega
su cebo deseado, y la sosiega;
¿qué estás? ¿no ves el pecho
desnudo, flaco, abierto? ¿Oh, no te cabe
en puño tan estrecho
el corazón, que sabe
cerrar cielos y tierra con su llave?;
ahonda más adentro;
desvuelva las entrañas el insano
puñal; penetra al centro;
mas es trabajo vano,
jamás me alcanzará tu corta mano.
Rompiste mi cadena,

ardiendo por prenderme: al gran consuelo
subido he por tu pena;
ya suelto encumbro el vuelo,
traspaso sobre el aire, huello el cielo.»

Oda XIII. De la vida del cielo

Alma región luciente,
prado de bienandanza, que ni al hielo
ni con el rayo ardiente
fallece; fértil suelo,
producidor eterno de consuelo:
de púrpura y de nieve
florida, la cabeza coronado,
y dulces pastos mueve,
sin honda ni cayado,
el Buen Pastor en ti su hato amado.
Él va, y en pos dichosas
le siguen sus ovejas, do las pace
con inmortales rosas,
con flor que siempre nace
y cuanto más se goza más renace.
Y dentro a la montaña
del alto bien las guía; ya en la vena
del gozo fiel las baña,
y les da mesa llena,
pastor y pasto él solo, y suerte buena.
Y de su esfera, cuando
la cumbre toca, altísimo subido,
el Sol, él sesteando,
de su hato ceñido,
con dulce son deleita el santo oído.
Toca el rabel sonoro,
y el inmortal dulzor al alma pasa,
con que envilece el oro,
y ardiendo se traspasa

y lanza en aquel bien libre de tasa.
¡Oh, son! ¡Oh, voz! Siquiera
pequeña parte alguna decendiese
en mi sentido, y fuera
de sí la alma pusiese
y toda en ti, ¡oh, Amor!, la convirtiese,
conocería dónde
sesteas, dulce Esposo, y, desatada
de esta prisión adonde
padece, a tu manada
viviera junta, sin vagar errada.

Oda XIV. Al apartamiento

¡Oh ya seguro puerto
de mi tan luengo error! ¡oh deseado
para reparo cierto
del grave mal pasado!
¡reposo dulce, alegre, reposado!;
techo pajizo, adonde
jamás hizo morada el enemigo
cuidado, ni se asconde
invidia en rostro amigo,
ni voz perjura, ni mortal testigo;
sierra que vas al cielo
altísima, y que gozas del sosiego
que no conoce el suelo,
adonde el vulgo ciego
ama el morir, ardiendo en vivo fuego:
recíbeme en tu cumbre,
recíbeme, que huyo perseguido
la errada muchedumbre,
el trabajar perdido,
la falsa paz, el mal no merecido;
y do está más sereno
el aire me coloca, mientras curo
los daños del veneno
que bebí mal seguro,
mientras el mancillado pecho apuro;
mientras que poco a poco
borro de la memoria cuanto impreso
dejó allí el vivir loco
por todo su proceso

vario entre gozo vano y caso avieso.
En ti, casi desnudo
deste corporal velo, y de la asida
costumbre roto el ñudo,
traspasaré la vida
en gozo, en paz, en luz no corrompida;
de ti, en el mar sujeto
con lástima los ojos inclinando,
contemplaré el aprieto
del miserable bando,
que las saladas ondas va cortando:
el uno, que surgía
alegre ya en el puerto, salteado
de bravo soplo, guía,
apenas el navío desarmado;
el otro en la encubierta
peña rompe la nave, que al momento
el hondo pide abierta;
al otro calma el viento;
otro en las bajas Sirtes hace asiento;
a otros roba el claro
día, y el corazón, el aguacero;
ofrecen al avaro
Neptuno su dinero;
otro nadando huye el morir fiero.
Esfuerza, opón el pecho,
mas ¿cómo será parte un afligido
que va, el leño deshecho,
de flaca tabla asido,
contra un abismo inmenso embravecido?
¡Ay, otra vez y ciento
otras seguro puerto deseado!

no me falte tu asiento,
y falte cuanto amado,
cuanto del ciego error es cudiciado.

Oda XV. A don Pedro Portocarrero

No siempre es poderosa,
Carrero, la maldad, ni siempre atina
la envidia ponzoñosa,
y la fuerza sin ley que más se empina
al fin la frente inclina;
que quien se opone al cielo,
cuando más alto sube, viene al suelo.
Testigo es manifiesto
el parto de la Tierra mal osado,
que, cuando tuvo puesto
un monte encima de otro, y levantado,
al hondo derrocado,
sin esperanza gime
debajo su edificio que le oprime.
Si ya la niebla fría
al rayo que amanece odiosa ofende
y contra el claro día
las alas oscurísimas estiende,
no alcanza lo que emprende,
al fin y desparece,
y el Sol puro en el cielo resplandece.
No pudo ser vencida,
ni la será jamás, ni la llaneza
ni la inocente vida
ni la fe sin error ni la pureza,
por más que la fiereza
del Tigre ciña un lado,
y el otro el Basilisco emponzoñado;
por más que se conjuren

el odio y el poder y el falso engaño,
y ciegos de ira apuren
lo propio y lo diverso, ajeno, estraño,
jamás le harán daño;
antes, cual fino oro,
recobra del crisol nuevo tesoro.
El ánimo constante,
armado de verdad, mil aceradas,
mil puntas de diamante
embota y enflaquece y, desplegadas
las fuerzas encerradas,
sobre el opuesto bando
con poderoso pie se ensalza hollando;
y con cien voces suena
la Fama, que a la Sierpe, al Tigre fiero
vencidos los condena
a daño no jamás perecedero;
y, con vuelo ligero
veniendo, la Vitoria
corona al vencedor de gozo y gloria.

Oda XVI. Contra un juez avaro

Aunque en ricos montones
levantes el cautivo inútil oro;
y aunque tus posesiones
mejores con ajeno daño y lloro;
y aunque cruel tirano
oprimas la verdad, y tu avaricia,
vestida en nombre vano,
convierta en compra y venta la justicia;
aunque engañes los ojos
del mundo a quien adoras: no por tanto
no nacerán abrojos
agudos en tu alma; ni el espanto
no velará en tu lecho;
ni huirás la cúita y agonía,
el último despecho;
ni la esperanza buena en compañía
del gozo tus umbrales
penetrará jamás; ni la Meguera,
con llamas infernales,
con serpentino azote la alta y fiera
y diestra mano armada,
saldrá de tu aposento sola una hora;
y ni tendrás clavada
la rueda, aunque más puedas, voladora
del Tiempo hambriento y crudo,
que viene, con la muerte conjurado,
a dejarte desnudo
del oro y cuanto tienes más amado;
y quedarás sumido
en males no finibles y en olvido.

Oda XVII. En una esperanza que salió vana

Huid, contentos, de mi triste pecho;
¿qué engaño os vuelve a do nunca pudistes
tener reposo ni hacer provecho?
Tened en la memoria cuando fuistes
con público pregón, ¡ay!, desterrados
de toda mi comarca y reinos tristes,
a do ya no veréis sino nublados,
y viento, y torbellino, y lluvia fiera,
suspiros encendidos y cuidados.
No pinta el prado aquí la primavera,
ni nuevo Sol jamás las nubes dora,
ni canta el ruiseñor lo que antes era.
La noche aquí se vela, aquí se llora
el dia miserable sin consuelo
y vence el mal de ayer el mal de agora.
Guardad vuestro destierro, que ya el suelo
no puede dar contento al alma mía,
si ya mil vueltas diere andando el cielo.
Guardad vuestro destierro, si alegría,
si gozo, y si descanso andáis sembrando,
que aqueste campo abrojos solo cría.
Guardad vuestro destierro, si tornando
de nuevo no queréis ser castigados
con crudo azote y con infame bando.
Guardad vuestro destierro que, olvidados
de vuestro ser, en mí seréis dolores:
¡tal es la fuerza de mis duros hados!
Los bienes más queridos y mayores
se mudan, y en mi daño se conjuran,

y son, por ofenderme, a sí traidores.
Mancíllanse mis manos, si se apuran;
la paz y la amistad, que es cruda guerra;
las culpas faltan, más las penas duran.
Quien mis cadenas más estrecha y cierra
es la inocencia mía y la pureza;
cuando ella sube, entonces vengo a tierra.
Mudó su ley en mí naturaleza,
y pudo en mí el dolor lo que no entiende
ni seso humano ni mayor viveza.
Cuanto desenlazarse más pretende
el pájaro captivo, más se enliga,
y la defensa mía más me ofende.
En mí la culpa ajena se castiga
y soy del malhechor, ¡ay!, prisionero,
y quieren que de mí la Fama diga:
«Dichoso el que jamás ni ley ni fuero,
ni el alto tribunal, ni las ciudades,
ni conoció del mundo el trato fiero.
Que por las inocentes soledades,
recoge el pobre cuerpo en vil cabaña,
y el ánimo enriquece con verdades.
Cuando la luz el aire y tierras baña,
levanta al puro Sol las manos puras,
sin que se las aplomen odio y saña.
Sus noches son sabrosas y seguras,
la mesa le bastece alegremente
el campo, que no rompen rejas duras.
Lo justo le acompaña, y la luciente
verdad, la sencillez en pechos de oro,
la fee no colorada falsamente.
De ricas esperanzas almo coro,

y paz con su descuido le rodean,
y el gozo, cuyos ojos huye el lloro.»
Allí, contento, tus moradas sean;
allí te lograrás, y a cada uno
de aquellos que de mi saber desean,
les di que no me viste en tiempo alguno.

Oda XVIII. En la ascensión

¿Y dejas, Pastor santo,
tu grey en este valle hondo, escuro,
con soledad y llanto;
y tú, rompiendo el puro
aire, ¿te vas al inmortal seguro?
Los antes bienhadados,
y los agora tristes y afligidos,
a tus pechos criados,
de ti desposeídos,
¿a dó convertirán ya sus sentidos?
¿Qué mirarán los ojos
que vieron de tu rostro la hermosura,
que no les sea enojos?
Quien oyó tu dulzura,
¿qué no tendrá por sordo y desventura?
Aqueste mar turbado,
¿quién le pondrá ya freno? ¿Quién concierto
al viento fiero, airado?
Estando tú encubierto,
¿qué norte guiará la nave al puerto?
¡Ay!, nube, envidiosa
aun deste breve gozo, ¿qué te aquejas?
¿Dó vuelas presurosa?
¡Cuán rica tú te alejas!
¡Cuán pobres y cuán ciegos, ay, nos dejas!

Oda XIX. A todos los santos

¿Qué santo o qué gloriosa
virtud, qué deidad que el cielo admira,
oh Musa poderosa
en la cristiana lira,
diremos entretanto que retira
el Sol con presto vuelo
el rayo fugitivo en este día,
que hace alarde el cielo
de su caballería?
¿qué nombre entre estas breñas a porfía
repetirá sonando
la imagen de la voz, en la manera
el aire deleitando
que el Efrateo hiciera
del sacro y fresco Hermón por la ladera?;
a do, ceñido el oro
crespo con verde hiedra, la montaña
condujo con sonoro
laúd, con fuerza y maña
del oso y del león domó la saña.
Pues, ¿quién diré primero,
que el Alto y que el Humilde?, y que, la vida
por el manjar grosero
restituyó perdida,
que al cielo levantó nuestra caída,
igual al Padre Eterno,
igual al que en la tierra nace y mora,
de quien tiembla el infierno,
a quien el Sol adora,

en quien todo el ser vive y se mejora.
Después el vientre entero,
la Madre desta Luz será cantada,
clarísimo Lucero
en esta mar turbada,
del linaje humanal fiel abogada.
Espíritu divino,
no callaré tu voz, tu pecho opuesto
contra el dragón malino;
ni tú en olvido puesto
que a defender mi vida estás dispuesto.
Osado en la promesa,
barquero de la barca no sumida,
y a ti que la lucida
noche te traspasó de muerte a vida.
¿Quién no dirá tu lloro,
tu bien trocado amor, oh Magdalena;
de tu nardo el tesoro,
de cuyo olor la ajena
casa, la redondez del mundo es llena?
Del Nilo moradora,
tierna flor del saber y de pureza,
de ti yo canto agora;
que en la desierta alteza,
muerta, luce tu vida y fortaleza.
¿Diré el rayo Áfricano?
¿diré el Stridonés sabio, elocuente?
¿o el panal Romano?
¿o del que justamente
nombraron Boca de oro entre la gente?
Columna ardiente en fuego,
el firme y gran Basilio al cielo toca,

mayor que el miedo y ruego;
y ante su rica boca
la lengua de Demóstenes se apoca.
Cual árbol con los años
la gloria de Francisco sube y crece;
y entre mil ermitaños
el claro Antón parece
Luna que en las estrellas resplandece.
¡Ay, Padre! ¿y dó se ha ido
aquel raro valor? ¡Oh!, ¿qué malvado
el oro ha destruido
de tu templo sagrado?
¿quién cizañó tan mal tu buen sembrado?
Adonde la azucena
lucía, y el clavel, do el rojo trigo,
reina agora la avena,
la grama, el enemigo
cardo, la sinjusticia, el falso amigo.
Convierte piadoso
tus ojos y nos mira, y con tu mano
arranca poderoso
lo malo y lo tirano,
y planta aquello antiguo, humilde y llano.
Da paz a aqueste pecho,
que hierve con dolor en noche escura;
que fuera deste estrecho
diré con más dulzura
tu nombre, tu grandeza y hermosura.
No niego, dulce amparo
del alma, que mis males son mayores
que aqueste desamparo;
mas, cuanto son peores,

tanto resonarán más tus loores.

Oda XX. A Santiago

Las selvas conmoviera,
las fieras alimañas, como Orfeo,
si ya mi canto fuera
igual a mi deseo,
cantando el nombre santo Zebedeo;
y fueran sus hazañas
por mí con voz eterna celebradas,
por quien son las Españas
del yugo desatadas
del bárbaro furor, y libertadas;
y aquella Nao dichosa,
del cielo esclarecer merecedora,
que joya tan preciosa
nos trujo, fuera agora
cantada del que en Citia y Cairo mora.
Osa el cruel tirano
ensangrentar en ti su injusta espada;
no fue consejo humano;
estaba a ti ordenada
la primera corona, y consagrada.
La fe que a Cristo diste
con presta diligencia has ya cumplido;
de su cáliz bebiste,
apenas que subido
al cielo retornó, de ti partido.
No sufre larga ausencia,
no sufre, no, el amor que es verdadero;
la muerte y su inclemencia
tiene por muy ligero

medio por ver al dulce campanero.
[¡Oh viva fe constante!
¡oh verdadero pecho, amor crecido!
un punto de su amante
no vive dividido;
síguele por los pasos que había ido.]
Cual suele el fiel sirviente,
si en medio la jornada le han dejado,
que, haciendo prestamente
lo que le fue mandado,
torna buscando al amo ya alejado,
ansí, entregado al viento,
del mar Egeo al mar de Atlante vuela
do, puesto el fundamento
de la cristiana escuela,
torna buscando a Cristo a remo y vela.
Allí por la maldita
mano el sagrado cuello fue cortado:
¡camina en paz, bendita
alma, que ya has llegado
al término por ti tan deseado!
A España, a quien amaste
(que siempre al buen principio el fin responde),
tu cuerpo le inviaste
para dar luz adonde
el Sol su claridad cubre y esconde;
por los tendidos mares
la rica navecilla va cortando;
Nereidas a millares
del agua el pecho alzando,
turbadas entre sí la van mirando;

y dellas hubo alguna
que, con las manos de la nave asida,
la aguija con la una
y con la otra tendida
a las demás que lleguen las convida.
Ya pasa del Egeo,
y vuela por el Jonio; atrás ya deja
el puerto Lilibeo;
de Córcega se aleja
y por llegar al nuestro mar se aqueja.
Esfuerza, viento, esfuerza;
hinche la santa vela, enviste en popa;
el curso haz que no tuerza,
do Abila casi topa
con Calpe, hasta llegar al fin de Europa.
Y tú, España, segura
del mal y cautiverio que te espera,
con fe y voluntad pura
ocupa la ribera:
recebirás tu guarda verdadera;
que tiempo será cuando,
de innumerables huestes rodeada,
del cetro real y mando
te verás derrocada,
en sangre, en llanto y en dolor bañada.
De hacia el Mediodía
oye que ya la voz amarga suena;
la mar de Berbería
de flotas veo llena;
hierve la costa en gente, en Sol la arena;
con voluntad conforme
las proas contra ti se dan al viento,

y con clamor deforme
de pavoroso acento
avivan de remar el movimiento;
y la infernal Meguera,
la frente de ponzoña coronada,
guía la delantera
de la morisca armada,
de fuego, de furor, de muerte armada.
Cielos, so cuyo amparo
España está: ¡merced en tanta afrenta!
Si ya este suelo caro
os fue, nunca consienta
vuestra piedad que mal tan crudo sienta.
Mas, ¡ay!, que la sentencia
en tabla de diamante está esculpida;
del Godo la potencia
por el suelo caída,
España en breve tiempo es destruida.
¿Cuál río caudaloso,
que los opuestos muelles ha rompido
con sonido espantoso,
por los campos tendido
tan, presto y tan feroz jamás se vido?
Mas cese el triste llanto,
recobre el Español su bravo pecho;
que ya el Apóstol santo,
un otro Marte hecho,
del cielo viene a dalle su derecho:
vesle de limpio acero
cercado, y con espada relumbrante;
como rayo, ligero,
cuanto le va delante

destroza y desbarata en un instante;
de grave espanto herido,
los rayos de su vista no sostiene
el Moro descreído;
por valiente se tiene
cualquier que para huir ánimo tiene.
Huye, si puedes tanto;
huye, mas por demás, que no hay huida;
bebe dolor y llanto
por la mesma medida
con que ya España fue de ti medida.
Como león hambriento,
sigue, teñida en sangre espada y mano,
de más sangre sediento,
al Moro que huye en vano;
de muertos queda lleno el monte, el llano.
¡Oh gloria, oh gran prez nuestra,
escudo fiel, oh celestial guerrero!
vencido ya se muestra
el Áfricano fiero
por ti, tan orgulloso de primero;
por ti del vituperio,
por ti de la afrentosa servidumbre
y triste cautiverio
libres, en clara lumbre
y de la gloria estamos en la cumbre.
Siempre venció tu espada,
o fuese de tu mano poderosa,
o fuese meneada
de aquella generosa,
que sigue tu milicia religiosa.
[Las enemigas haces

no sufren de tu nombre el apellido;
con solo aquesto haces
que el Español oído
sea, y de un polo a otro tan temido.]
De tu virtud divina
la fama, que resuena en toda parte,
siquiera sea vecina,
siquiera más se aparte,
a la gente conduce a visitarte.
El áspero camino
vence con devoción, y al fin te adora
el Franco, el peregrino
que Libia descolora,
el que en Poniente, el que en Levante mora.

Oda XXI. A Nuestra Señora

Virgen, que el Sol más pura,
gloria de los mortales, luz del cielo,
en quien la piedad es cual la alteza:
    los ojos vuelve al suelo
y mira un miserable en cárcel dura,
cercado de tinieblas y tristeza.
    Y si mayor bajeza
no conoce, ni igual, juicio humano,
que el estado en que estoy por culpa ajena,
    con poderosa mano
quiebra, Reina del cielo, esta cadena.
    Virgen, en cuyo seno
halló la deidad digno reposo,
do fue el rigor en dulce amor trocado:
    si blando al riguroso
volviste, bien podrás volver sereno
un corazón de nubes rodeado.
    Descubre el deseado
rostro, que admira el cielo, el suelo adora:
las nubes huirán, lucirá el día;
    tu luz, alta Señora,
venza esta ciega y triste noche mía.
    Virgen y madre junto,
de tu Hacedor dichosa engendradora,
a cuyos pechos floreció la vida:
    mira cómo empeora
y crece mí dolor más cada punto;
el odio cunde, la amistad se olvida;
    si no es de ti valida

la justicia y verdad, que tú engendraste,
¿adónde hallará seguro amparo?
   Y pues madre eres, baste
para contigo el ver mi desamparo.
   Virgen, del Sol vestida,
de luces eternales coronada,
que huellas con divinos pies la Luna;
   envidia emponzoñada,
engaño agudo, lengua fementida,
odio crüel, poder sin ley ninguna,
   me hacen guerra a una;
pues, contra un tal ejército maldito,
¿cuál pobre y desarmado será parte,
   si tu nombre bendito,
María, no se muestra por mi parte?
   Virgen, por quien vencida
llora su perdición la sierpe fiera,
su daño eterno, su burlado intento;
   miran de la ribera
seguras muchas gentes mi caída,
el agua violenta, el flaco aliento:
   los unos con contento,
los otros con espanto; el más piadoso
con lástima la inútil voz fatiga;
   yo, puesto en ti el lloroso
rostro, cortando voy onda enemiga.
   Virgen, del Padre Esposa,
dulce Madre del Hijo, templo santo
del inmortal Amor, del hombre escudo:
   no veo sino espanto;
si miro la morada, es peligrosa;
si la salida, incierta; el favor mudo,

el enemigo crudo,
desnuda, la verdad, muy proveída
de armas y valedores la mentira.
    La miserable vida,
solo cuando me vuelvo a ti, respira.
    Virgen, que al alto ruego
no más humilde sí diste que honesto,
en quien los cielos contemplar desean;
    como terrero puesto—
los brazos presos, de los ojos ciego—
a cien flechas estoy que me rodean,
    que en herirme se emplean;
siento el dolor, mas no veo la mano;
ni me es dado el huir ni el escudarme.
    Quiera tu soberano
Hijo, Madre de amor, por ti librarme.
    Virgen, lucero amado,
en mar tempestuoso clara guía,
a cuvo santo rayo calla el viento;
    mil olas a porfía
hunden en el abismo un desarmado
leño de vela y remo, que sin tiento
    el húmedo elemento
corre; la noche carga, el aire truena;
ya por el cielo va, ya el suelo toca;
    gime la rota antena;
socorre, antes que emviste en dura roca.
    Virgen, no enficionada
de la común mancilla y mal primero,
que al humano linaje contamina;
    bien sabes que en ti espero
dende mi tierna edad; y, si malvada

fuerza que me venció ha hecho indina
   de tu guarda divina
mi vida pecadora, tu clemencia
tanto mostrará más su bien crecido,
   cuanto es más la dolencia,
y yo merezco menos ser valido.
   Virgen, el dolor fiero
añuda ya la lengua, y no consiente
que publique la voz cuanto desea;
   mas oye tú al doliente
ánimo, que contino a ti vocea.

Oda XXII. A don Pedro Portocarrero ausente

La cana y alta cumbre
de Ilíberi, clarísimo Carrero,
contiene en sí tu lumbre
ya casi un siglo entero,
y mucho en demasía
detiene nuestro gozo y alegría;
los gozos, que el deseo
figura ya en tu vuelta y determina,
a do vendrá el Lyeo
y de la Cabalina
fuente la moradora
y Apolo con la cítara cantora.
Bien eres generoso
pimpollo de ilustrísimos mayores;
mas esto, aunque glorioso,
son títulos menores,
que tú, por ti venciendo,
a par de las estrellas vas luciendo,
y juntas en tu pecho
una suma de bienes peregrinos,
por donde con derecho
nos colmas de divinos
gozos con tu presencia,
y de cuidados tristes con tu ausencia;
porque te ha salteado
en medio de la paz la cruda guerra,
que agora el Marte airado
despierta en la alta sierra,
lanzando rabia y sañas

en las infieles bárbaras entrañas;
do mete a sangre y fuego
mil pueblos el Morisco descreído,
a quien ya perdón ciego
hubimos concedido,
a quien en santo baño
teñimos para nuestro mayor daño,
para que el nombre amigo
(¡ay, piedad cruel!) desconociese
el ánimo enemigo
y ansí más ofendiese:
mas tal es la fortuna,
que no sabe durar en cosa alguna.
Ansí la luz, que agora
serena relucía, con nublados
veréis negra a deshora,
y los vientos alados
amontonando luego
nubes, lluvias, horrores, trueno y fuego.
Mas tú que solamente
temes al claro Alfonso que, inducido
de la virtud ardiente
del pecho no vencido,
por lo más peligroso
se lanza discurriendo vitorioso:
Como en la ardiente arena
el líbico león las cabras sigue,
las haces desordena
y rompe y las persigue
armado relumbrando,
la vida por la gloria aventurando.
Testigo es la fragosa

Poqueira, cuando él solo, y traspasado
con flecha ponzoñosa,
sostuvo denodado,
y convirtió en huida
mil banderas de gente descreída;
mas sobre todo cuando,
los dientes de la muerte agudos fiera
apenas declinando,
alzó nueva bandera,
mostró bien claramente
de valor no vencible lo excelente.
Él pues relumbre claro
sobre sus claros padres; mas tú en tanto,
dechado de bien raro,
abraza el ocio santo;
que mucho son mejores
los frutos de la paz, y muy mayores.

Oda XXIII. A la salida de la cárcel

Aquí la envidia y mentira
me tuvieron encerrado.
Dichoso el humilde estado
del sabio que se retira
de aqueste mundo malvado,
y con pobre mesa y casa
en el campo deleitoso
con solo Dios se compasa
y a solas su vida pasa
ni envidiado ni envidioso.

Libros a la carta

A la carta es un servicio especializado para
empresas,
librerías,
bibliotecas,
editoriales
y centros de enseñanza;
y permite confeccionar libros que, por su formato y concepción, sirven a los propósitos más específicos de estas instituciones.

Las empresas nos encargan ediciones personalizadas para marketing editorial o para regalos institucionales. Y los interesados solicitan, a título personal, ediciones antiguas, o no disponibles en el mercado; y las acompañan con notas y comentarios críticos.

Las ediciones tienen como apoyo un libro de estilo con todo tipo de referencias sobre los criterios de tratamiento tipográfico aplicados a nuestros libros que puede ser consultado en Linkgua-ediciones.com.

Linkgua edita por encargo diferentes versiones de una misma obra con distintos tratamientos ortotipográficos (actualizaciones de carácter divulgativo de un clásico, o versiones estrictamente fieles a la edición original de referencia).

Este servicio de ediciones a la carta le permitirá, si usted se dedica a la enseñanza, tener una forma de hacer pública su interpretación de un texto y, sobre una versión digitalizada «base», usted podrá introducir interpretaciones del texto fuente. Es un tópico que los profesores denuncien en clase los desmanes de una edición, o vayan comentando errores de interpretación de un texto y esta es una solución útil a esa necesidad del mundo académico.

Asimismo publicamos de manera sistemática, en un mismo catálogo, tesis doctorales y actas de congresos académicos, que son distribuidas a través de nuestra Web.

El servicio de «libros a la carta» funciona de dos formas.

1. Tenemos un fondo de libros digitalizados que usted puede personalizar en tiradas de al menos cinco ejemplares. Estas personalizaciones pueden ser de todo tipo: añadir notas de clase para uso de un grupo de estudiantes, introducir logos corporativos para uso con fines de marketing empresarial, etc. etc.

2. Buscamos libros descatalogados de otras editoriales y los reeditamos en tiradas cortas a petición de un cliente.